NICE

SOUVENIRS ET CONVERSION

PAR

LE C.te D'ATRAY DE SAINT-BOIS

ANCIEN PRÊTRE DE CHATILLON-SUR-SEINE

PARIS

IMPRIMERIE DE J. CLAYE

RUE SAINT-BENOIT

M DCCC LXX

NICE

NICE

SOUVENIRS ET CONVERSION

PAR

LE Cte D'AURAY DE SAINT-POIS

SOUS-PRÉFET DE CHATILLON-SUR-SEINE

PARIS

IMPRIMERIE DE J. CLAYE

RUE SAINT-BENOIT, 7

—

M DCCC LXV

NICE

SOUVENIRS ET CONVERSION

POËME

I.

Se peut-il que mes doigts se crispent sur la lyre,
Et ne sachent, hélas! qu'accuser mon délire!
A chacun ses trésors! à tous quelque douleur!
La lyre a ses élus; il me reste le cœur,
Un cœur brûlant d'aimer, et jamais l'impuissance
A ses pieux transports n'imposera silence.

Libre à vous, dur censeur, d'appeler bégaiement
Les timides essais d'un noble égarement;
Libre à vous d'insulter une âme frémissante !
A toi l'hymne sacré, dont ma lèvre tremblante,
Nice, ose saluer ces divines beautés
Qui rayonnaient pour moi de puissantes clartés.
Tandis que, palpitant sous l'amère souffrance,
J'étais venu sceptique, et sans autre espérance
Que de soupirer seul, de dérober mes pleurs
Et de mourir moins triste, en mourant sous les fleurs!
A toi, Nice, à briser l'illusion d'un rêve,
A foudroyer l'élan que ton amour soulève;
Je saurai, s'il le faut, adorer ta rigueur.
Mais non, quand on est belle, on pardonne l'erreur.
Et s'il est un baiser qui puisse être un outrage,
Ce ne fut point d'un fils le tendre et chaste hommage :
Je frissonnais hier, glacé par le tombeau,
Et j'espère..... et je vis dans un être nouveau!

Et toi, grand Dieu, pardon, grâce pour ma faiblesse!
J'avais pour un instant ignoré la tendresse,
Qui des monts et des flots, des fleurs et du soleil,
A fait pour la douleur un baume sans pareil.
Je ne savais pas lire au grand livre du monde;

Je ne devinais pas, sous sa beauté féconde,
Le miroir immortel où vont se réfléchir
Ta grandeur, ton amour, l'éternel avenir!

Mais en mon cœur touché s'élève un flot d'ivresse ;
Monte, monte toujours et déborde sans cesse!
Ensemble je renais à la vie, à la foi :
Grand Dieu, laisse mon luth aspirer jusqu'à toi!
Nice, le cœur ému des grandeurs de la France,
Comme l'encens béni, monte à la Providence :
Ah! puisse en mes accents la sainte vérité
Retentir en *Credo* de l'immortalité!!

II.

Me voilà donc jeté sur la plage odorante

Où tu t'épanouis, superbe et triomphante,

Entre les flots d'azur et les sommets neigeux,

Comme un lien étroit entre l'onde et les cieux.

Nice, contemple-toi dans cette ombre flottante,

Qui, jusqu'à l'horizon de la plaine écumante,

Reflète avec orgueil tes villas, tes bosquets.

Et ces pics élancés, grands et divins hochets.

Qui couronnent ton front d'un diadème austère.

Et ces vallons ombreux, penchés jusques à terre,

Comme pour te couvrir de leurs bras verdoyants !

Que l'image a d'attraits! mais au cœur des mourants
Il faut la vérité, dût-elle être un abîme!

Là-bas de cent glaciers la majesté sublime
Se dresse avec dédain par delà l'air impur.
Et sous ses froids manteaux rayonne dans l'azur.
Entre deux univers c'est un autre domaine.
Fantôme gigantesque où l'amour et la haine
Semblent dans l'infini deux rivaux embrassés.
Ils comptent ces cristaux les siècles effacés :
Chaque hiver les revêt de la tunique blanche.
Qu'un seul beau jour emporte en terrible avalanche.
Bientôt c'est le torrent stupide, menaçant.
Qui de bave blanchit le granit chancelant.
Et puis c'est le ruisseau dont l'onde fugitive
Mêle à ces grands accents sa voix douce et plaintive.
Et s'en va mollement verser dans les flots bleus
La goutte qui demain doit remonter aux cieux.
Mais le triple rempart relève encor la tête.
Sur ces créneaux altiers du soleil il arrête
Les feux étincelants ; ses prismes irisés
En un spectre enchanteur des rayons embrasés
Reflètent les couleurs ; ils demeurent paisibles
Sur leurs trônes de marbre, et leurs fronts impassibles

De l'aquilon sur eux appellent la fureur :
La glace à l'horizon protége ici la fleur,
Mystérieux accord, ravissante harmonie,
Par qui dans l'univers se révèle un génie !

Mon œil, en s'inclinant, se suspend au granit,
Où l'aigle, en souverain, à chaque an fait son nid.
Où le fauve chamois seul a marqué sa trace,
D'où la foudre et l'éclair s'élancent dans l'espace,
Et brillent au zénith d'effrayantes splendeurs.
Dessinant, sous l'éclat de sinistres lueurs,
Des chapiteaux brisés, des crevasses profondes,
Des cèdres mutilés et des sources fécondes,
Sublime architecture en un affreux chaos.
Quelques pampres épars en sinueux rameaux,
Seul symptôme vivant de ce funèbre empire,
Semblent sur ces sommets appeler un sourire ;
Et le regard lassé de planer des hauteurs,
Où rien ne le distrait de ces mornes grandeurs,
S'attache avec ivresse à l'arbuste, au feuillage.
Se dilate et s'abaisse, avide de bocage :
Salut, riche nature, à ton premier réveil,
Ou plutôt dors encor ton paisible sommeil
Sous les dômes profonds des chênes séculaires.

Sous les muets arceaux des grottes solitaires,
Où les pleurs du rocher et l'haleine des vents
Seuls troublent le repos de ces vieux monuments.
Plus heureuse qu'un roi, sans gouverner tu règnes.
Et plus sage que lui, sans régner tu gouvernes,
Et soudain, comme au gré d'un charme tout discret,
Sur les monts abaissés se dresse la forêt,
Comme un voile-étendant son manteau de verdure
Sur l'alpestre croissant que d'ici l'on mesure.

Sous le mobile aspect de cet autre Océan
Qui balance en longs flots des ombres de géant.
Le vallon par degrés se rapproche et s'avance ;
La séve en tons divers étage sa distance ;
Mais, comme un mausolée, entre les noirs cyprès,
Quelque bloc égaré sort de ses flancs épais,
Déchire ses replis par un effort suprême,
Et, jetant ses lambeaux jusqu'à la cité même,
Des monts semble à ses pieds humilier l'orgueil.
Le pin s'éloigne et fuit sous ses crêpes de deuil,
L'olivier reparaît, symbole de clémence,
Entre les deux climats attestant l'alliance,
Et l'oranger fleuri penché sous ses fruits d'or
Achève du tableau le merveilleux décor.

Que tu me parais belle, en ton cadre enchâssée!

Mais plutôt que souiller tes fleurs de fiancée.

Laisse ma lèvre indigne, au contact de tes mers,

Essuyer l'impudeur de baisers trop amers ;

Laisse mon œil plonger dans ton miroir humide.

Pour t'embrasser encor d'un regard plus limpide ;

Laisse mon cœur grandir en face d'un beau ciel.

Et sous l'immensité de son dôme éternel,

Comprendre cette voix des abîmes de l'onde.

Qui sans cesse redit les bruits d'un autre monde.

Et devant Jéhovah proclame le néant.

J'aime à suivre le flot battu par l'ouragan.

A laisser sur la vague ondoyer ma pensée.

A chercher les témoins d'une grande Odyssée :

Mais quoi! sous les vapeurs d'un livide brouillard.

Un récif incertain a frappé mon regard ; [1]

Ce fut là qu'il grandit, au bruit du cataclysme ;

Déjà c'est un héros, il terrasse le schisme :

Bonaparte a vengé le plus sanglant affront

Dont la France ait porté les stigmates au front.

Mais là-bas, dans le golfe où l'onde se soulève.

Pour cacher les brisants hérissés sur la grève,

C'est Juan, où vaincu, mais cette fois vainqueur.

1. Du même point de la plage l'œil peut embrasser les monts de la Corse et le golfe de Juan.

Il reparaît guidé par un souffle vengeur,
Et Napoléon marche à l'étape dernière,
Où, sous un tourbillon de sang et de poussière,
Waterloo lui révèle un plus fatal écueil,
Seul et dernier empire offert à son orgueil!
Qu'es-tu donc, ô mortel? un génie qui succombe.
Un être. astre d'un jour, et demain dans la tombe!

III.

Et maintenant j'irai, sous ton noble étendard,
Moderne Phocéen [1], envahir ton rempart,
Et là te contempler au pavois de ta gloire,
Où sur de vieux débris on lit ton nom : Victoire [2].
Vingt siècles ont passé, la cité des combats
A perdu ses donjons, et vingt fois ses états
Libres ou dépendants du sort et de la guerre

1-2. On peut encore découvrir sur cette colline les derniers vestiges d'une ville fondée deux siècles avant J.-C. par les Phocéens. Partis de Marseille, métropole de leur commerce, ils vinrent refouler les Liguriens et se fortifièrent sur le sommet, où ils avaient arboré leur drapeau victorieux : le rempart qu'ils y élevèrent, destiné à perpétuer le souvenir de leur triomphe, prit le nom de Νίκη (victoire), et telle fut l'origine de la cité que nous admirons aujourd'hui.

Ont subi les rigueurs ; mais, caché sous le lierre,
Le môle a vu grandir la cité de la paix :
Il demeure debout, planant sur les palais,
Et mêle à ces grandeurs les grandeurs de son âge.

Ah ! si j'interrogeais la légende sauvage,
Quels récits ne dirait ce rivage enchanté
Où la Lympia [1] jadis à la crédulité
Dans un rite infernal murmurait des oracles ?
Un Dieu les a proscrits ces étranges spectacles.
Mais, sous les monts ouverts et refermés aux flots,
Le nautonier s'endort bercé par leurs échos.

Je laisse ton Corso [2], tout bruyant de folie,
Pâle et dernier reflet de ta vieille Italie ;
Réparate [3] est plus belle, et sous le parvis saint
L'âme aussi peut trouver des horizons sans fin ;

---

1. La Lympia est le ruisseau formé par les sources qui jaillissent du rocher : le port a été creusé dans son lit même, et les montagnes qui circonscrivent son bassin en font un abri presque unique pour les vaisseaux.

Les Romains l'invoquaient comme l'asile de quelque Égérie mystérieuse.

2. Le Corso est à Nice, comme à Rome, le théâtre des folies carnavalesques.

3. Réparate est la cathédrale de Nice.

Mais au souffle oppressé, qui brise ma poitrine,
Il faut l'air, les parfums, l'espace et la colline :
Ils sont froids ces rayons que l'émail a ternis,
Comme eux l'onde et les monts ne sont-ils pas bénis?

Irai-je à Cimiès [1], sous les cèdres antiques,
Évoquer les échos des fureurs fanatiques,
Acclamant à l'égal le tigre et les mourants.
Déchiffrer le passé dans des livres sanglants,
Et d'un règne éclipsé reconstruire l'histoire?
Dans un présent si pur oublions la mémoire :
Panorama vivant d'un monde et d'un bosquet.
Panache de verdure au faîte d'un sommet.
Piédestal où se rit la guirlande embaumée.
Asile des zéphirs, temple de la couvée.
Pour qui tant de trésors, de grâce, de fraîcheur?
Pour toi, toujours pour toi, sa rivale et sa sœur.

Faut-il à mes esprits des aspects plus sauvages? -
Barthelemy m'attend au niveau des orages :

1. Une colonie romaine s'installa à Cimiès plusieurs siècles avant J.-C. et
fut longtemps la rivale de Nice ; il ne reste plus des splendeurs romaines que
les débris d'un cirque et les degrés de l'amphithéâtre.

Un cloître, un cimetière, un abîme, un torrent,
De sombres chênes verts, voilà tout l'ornement
De ce site immortel, que son divin Orphée [1]
Immortalise encor sur la scène étonnée.
J'ai peur, Nice, j'ai peur. Ah! prête à mon effroi
Les ailes de l'amour, pour m'envoler vers toi.

Des jardins suspendus aux demeures d'Armide
Il n'est que le trajet du trône à son égide.
Et devant leurs splendeurs, en extase ravi,
Je cherche, mais en vain, quel chemin j'ai suivi :
Sur des lits de gazon émaillés d'anémones
Les villas, les palais étalent leurs colonnes;
L'étoile de porphyre étincelle aux balcons.
Le marbre de Paros relève les frontons;
Quelque pinceau fameux, quelque burin illustre
Partout a déposé l'empreinte de son lustre,
Et l'acanthe partout en gracieux anneaux
Aux chefs-d'œuvre de l'art fait de charmants berceaux.
Sous les-lambris voilés par les gerbes de roses
S'exhale le parfum des fleurs à peine écloses.

1. Meyerbeer emprunta au couvent de Barthelemy la mise en scène qu'il reproduisit dans l'opéra des Huguenots.

Et l'élégant palmier, couronne des jasmins,
D'un dais oriental couvre les Souverains.

Tout dort ; brille un rayon, et la foule enivrée,
Avec des cris joyeux, déserte la feuillée.
Cosmopolite essaim de grands et de frileux,
Confédérés d'hier sous les drapeaux poudreux
Du géant éthéré, république idéale
Où la foi des beaux jours devient la foi banale
Du Turc et de l'Hindou, du Quaker, du Mormon.
Où de l'astre adoptif l'invincible rayon
Fait des belligérants des vaincus et des frères.
Et sous ces ris d'amour se voilent les misères,
Châtiment d'un coupable et d'une humanité ;
Mais ici tout espère, et la captivité,
Comme aux bords de l'Euphrate, inspire un saint cantique :
L'exil et la douleur ont un charme mystique,
Et quand vient la nature immense en ses bienfaits
Consoler ou guérir par ses philtres secrets,
C'est un chœur éternel que tout écho répète...

. . .   .

Nice, réponds-moi donc, tu dois être coquette.

Quand à tes pieds tu vois un.peuple adorateur

Implorer, sans merci, la modeste faveur

De ranimer aux feux de ta clarté sereine

L'atome de chaleur qu'il retient à grand'peine ;

Quand, au souffle si pur de ton léger zéphir,

Tu vois aux fronts fanés la beauté refleurir,

Et tous, pauvres ou rois et mortels qu'on envie,

Aspirer ton haleine et ressaisir la vie?

IV.

Tout passe cependant, tout meurt ou se flétrit;
L'univers se réchauffe et ta splendeur pâlit;
L'hirondelle s'envole aux lieux qui l'ont nourrie.
Et l'homme tressaillit au seul nom de patrie.
Mon père..... a dit l'enfant; je reviens te bénir.
Pour t'aimer plus longtemps, Dieu m'a fait rajeunir.

Merci, grands horizons, merci, charmant bocage!
J'ai compris vos sommets, vos fleurs, votre langage.
Et par vous, dans l'Éden, sous un jour radieux.
J'ai senti..... non, j'ai vu l'Infini dans les cieux!

Adieu, bel océan! adieu, voûte enflammée!

Adieu, cité des fleurs, Nice, ma bien-aimée!

Chaque jour a sa nuit, chaque aurore a son soir,

Il reste un lendemain et je dis à revoir!

Châtillon-sur-Seine, le 5 janvier 1865.

PARIS. — IMPRIMERIE DE J. CLAYE, RUE SAINT-BENOIT. 7.

IMPRIMERIE J. CLAYE
RUE SAINT-BENOIT, 7
PARIS